身體狀態

阿流

目錄

◦ **輯二　佛眼**

輯三　時代

輯四　我任由你耕犁這方土地

跋

後記

迷人的漸層

-- 序阿流詩集《身體狀態》

翁文嫻

阿流的詩初看沒有飛揚的畫面，讀者不易興奮，也不易沈醉，節拍緩緩地、慢慢地沁進來。想像那是種不疾不徐的音調，但它一開始就不易停止，雖然詩不長，但這首那首之間彷若相連，是如此一體。詩人追尋內在自省的變化，表述方式大異一般的抒情，尤其沒有一般意象的期待。上句下句間的轉動，好像有個大刷子將不必要雜物清光、礙眼的裝飾也清光。觀看的習性被移動。本來以為不怎麼喜歡，讀著讀著，竟然讀進去哩，還用鉛筆將句子劃線。詩不是那麼驚動，但絕對真實，不會騙你。於是沿著白話文的銳利切入，慢慢摸到某些體內的變化，平日很不注意的起伏，但確實有的事物。「仍在意流光裡澹盪的月色／擴拓的漸層」（〈界〉），我們試以此二句作為切入點。如果前句因傳統角色，許多女性也有的依戀；那麼下一句，就是阿流用詩的學養，全不妥協貼在清明的當下每刻，成就出一方領域，漸漸擴拓那些心念的層次。譬如：

　　　　把自己放進密封罐
　　　　不會腐壞
　　　　肉依然光潔如童男童女
　　　　千萬不要摸我退卻的肩膀
　　　　我完整的膜

　　　　那神秘的窒息
　　　　必須一寸一寸的來
　　　　不要太快

　　　　我不腐壞
　　　　我只變舊

　　　　　　　　　　　　--〈都付與頹垣〉

這種「把自己放進密封罐」裡的行為,是東方人就不陌生。被密封了還產生「神秘的窒息」;「一寸一寸的來」,還非常性感。但我們記憶裡的遺憾,豈非與「密封」有關?整個程序,阿流詩宣言出一份非常熟悉的,有如「女性退卻的肩膀」,一份古典而永恆的情懷,但以當代的語言,令我們明白。「我不腐壞/我只變舊」,二句愈讀愈難過。題目「都付與頹垣」這景象,平常騷人墨客吟詠,當事人如何感受?連「腐壞」都未免太暢快了,不允許,我們只能無聲無息,慢慢「變舊」而已!

「放進密封罐」的情懷,令一首詩前後上下有份含著的張力,就如寫〈天光〉本來很明亮的事物,阿流的筆卻如此:

> 不知道什麼時候
> 它覆住了我
> 無論我如何流浪
> 我一醒來
> 天又光了
> 若無其事底散步
> 不知它如何辦到
> 暈眩的效果
> …………

有趣的是後面三句,令「天光」之特異全嵌在此刻:「天光」在若無其事地散步?還是「我」若無其事散步?一個「它」字指涉許多,有迷幻效果,我們為了這三句仿若真地攀上了天光。

‧‧‧‧‧‧‧‧‧‧‧‧

然而路崎嶇極了
如同蜿蜒而下的淚
一行行斜錯的人生
在叉路時繞轉了彎
又經過該回頭的那段時區

不知道如何回去
歌聲帶我回去的時候
我假裝什麼都沒看到
細節
要錯過全部的細節是多麼困難
你微微地抬起眉眼
望向這邊
‧‧‧‧‧‧

--〈不知道如何回去〉

　　阿流詩常有個遠觀的角度，通常「廣角」
是容易籠統，也易掉入俗見（好多令人疲累的
老的箴言，世事如麻，不勝負荷），但這兒所
有出現的句子，因為誠實（準確言是語詞沒有
虛晃），讀者在一個廣闊荒涼山頭故事模式下，
能感知當事人肌膚的律動，是難得的。猶如上
詩，說「不知道如何回去／歌聲帶我回去的時
候／我假裝什麼都沒看到／細節／要錯過全部
的細節是多麼困難」。細節，人生中它不易拂
去，常引人疼痛，在詩的藝術角度，卻成就了
人的存在，血肉的證明。

　　我們再讀另一首〈叢林紀事〉：

高懸人命的那一條繩索
被誰輕輕鬆開
我們本是螻蟻
各自散去

在江河裡漫遊
象限與象限的邊界
就在那雨絲間

覆蓋那潮
是另一波潮

沒有我被淹沒
只是些淡去的聲音
鬆開的聲音

　　如許多其它的詩，開始是遠遠觀看的畫面，
才能看見「高懸人命的那一條繩索」。不知為
何如此，廣大俯瞰在女詩人題材中是較少處理
的，令阿流詩的女性特質，溫婉聲調中格局開
闊。值得一提者，難得是同時具備：合於肌膚
律拍的細節。「細節」是說：只有阿流會如此
處理。譬如我們以為「覆蓋」之後就沒有了，
誰知「沒有我被淹沒／只是些淡去的聲音／鬆
開的聲音」。我們想起前面第一首引詩：「我
不腐壞／我只變舊」。詩人將事物的轉變切到
一個恰如其分的角度，沒有橫加的驚怖、沒有
多伸出的姿采，庸常事理。尤其作一名東方女
性，如果信守了婚姻與小孩，更真實的狀態，
就是如此。

詩也有將想像帶至天邊，叫人愉快得不得了，但阿流詩是在句與句的轉換間、是那一片景、那一種心念出現，在跳換的空間裡，見到詩人的抉擇與誠懇；阿流的詩沒有多餘的，但句句像是肺腑之言，呈現了某些生活的跼蹐、情愛深摯時一定碰見的石質，我們被這些硬物打動。

語言準確時，讀者沿細節氣味帶入情境，後來才知道，此非關性格之細緻，而是性格裡的力道。還未認識阿流詩集之前，與她交往已十幾年。當年匆匆離開文大文藝組南下，詩選課必須覓一個合適人選，她一口承擔。文大課堂90人五百多元一節鐘點費，她一週四節花蓮台北往返如此過了九年。還每年幫他們九十人辦詩展：朗誦、舞蹈、戲劇、譜歌、詩刊一樣未缺，我看著她的變化，「擴拓的漸層」是如此滋生的。

有次閒聊，說起某次台北馬路中央一名陌生男子耳邊無禮，她一氣，追着他要求道歉，一直跑一直追過了兩三條街，脫下高跟鞋跑也要打他。這個畫面，當讀至全書唯一的〈你踏馬的文藝青年〉，才完全相應，性格裡很猛的力量，才是那些「荒涼山頂」（〈故事〉）內容的迷人漸層。

阿流詩開出了庸常婦女嗷嗷待哺的情愛。

身體狀態

輯一 鉛筆生活練習

故事

微風總是吹向不清醒的我們
吹向那片攏在頰上的霧
吹向睜不開的眼睫
黑色交纏的髮絲
及我們極易冰冷的腳踝

五萬年前宇宙外的小小氣旋
無重的迢迢的奔赴窗口邊那隱約的震顫
多麼絕對
多麼多麼多麼
吹而又吹的來訪那方世紀末的
荒涼山頂

背著海睡眠【一】

月眉偷看
窗內航行手記

十字桅杆昇起星光
夢蠟染夜幕
涼的港灣
水紋及流光的排盪
一點點離去的岸

詩曆 2078 年

扭開門把
全都裸著的靈沁出膚質的光
我也想脫下衣服
學他們仰頭喃喃自語
但是
非常安靜
宇宙是暗藍色的和平
是如何憂傷的相互垂詢

時間風乾了一切場景
我沿著足跡找尋封存最初
那一線震顫的受孕
深深的流淚
不平
上帝不便介入的瞬間
是誰的決定？

門後是天的一角
門外是岩漿的泥
躍身而下
速度的清涼長長吻遍我的裸體
且將靈封印

戰士旅行者

這一次你再不能維持一貫的從容了
卸下重型機具
開始華麗的傾頹
傾頹
也有一種失速的冥昧光影流淌

鉛筆生活練習

I
陰影褪到巷外
街燈佇立的背後
人們踩過
沒有回頭

II
有一種光明不再降臨
委身在城市的黑罩紗下
不懺悔不禱告不過橋
只匆匆穿越車站
華麗的揮手

III
角落的人突然揚起眼瞳
停止小聲說話
一陣靜寂就橫躺下來
不想離開的樣子

IV
我悄悄
悄悄的蹲下
仰頭看漫天蓋地的雨
看手風琴拉開的弧度
將世界溫柔的闔上

界

轉世輪迴我仍是你的教徒
我仍去尋你
仍在意流光裡澹盪的月色
擴拓的漸層

舒開累代的皺囊
浸沐那疼痛不已
那碎裂
焦臭的肢節

一次又一次
揚看是否透亮
茁長入雲　參天

重金屬搖滾

　　她察看樓的高度，向下一望
旋即無事地走開，一點點馬尾晃
擺消逝於欄杆與圓柱之間。

　　她吐出她深埋的心事，看它
們墜，墜毀在碰觸地面的前一秒
裡，迸濺的雨滴看起來總在舞踊
旋轉哩。

　　陽光在下午也總是眩目的切
割空間。

都付與頹垣

把自己放進密封罐
不會腐壞
肉依然光潔如童男童女
千萬不要摸我退卻的肩膀
我完整的膜

那神祕的窒息
必須一寸一寸的來
不要太快

我不腐壞
我只變舊

愛情

天賜的一具玩偶
卻感到淒涼

陰影

一種不能曝曬在陽光下的思念

十九歲

沒想到永遠是那麼漫長
對不起
我先走了

迴路

你選擇光亮
我就有我的隱匿不可見

不該

我不該認識所有他愛過的女子
不該

搜尋記憶角落他的癖性
在眾女子身上細微的顯影
一切陰冷如秋日不停飄落雨絲的山坡
那棟青青的小舍
及前院那盆早年就已謝枯的菫花

不一定要回頭看他

就像不一定要開的花
秘密決定自己在美麗途中
看墜落的景深

過門音的時候

不論我們的靈魂如何相像
在街上我輕輕越界
走進咖啡屋
與你一同坐下
翻開黃昏冗長的美麗

白金夢遊

我們無法將時間浪費在開或關的空間裡
我們企圖走進時間某一剎那開啟的刻度
丈量與地球失速後光陰的平面延伸
暗暗的如花香喜歡逸走
誘引蝶群不遠千里

而那片光就出現在反掌之際
雲從龍風從虎嘯眨眼即捲入
柔軟的回音裡
心也砰砰震動
手腳在水中移去
吞進又吐出
夢因此遲滯

張口僅彈指
再坐回我的椅子我的手
是否也遭遣返
嚷叫的浪再一次一百八十度低吼襲捲
岸邊漲滿又退去
追擊我奔逃的腳踝
那白
是一個記號
失散的族裔我們得演練密語
熟稔地在雕鏤的香風中
轉身步入
我們的歌中
輕聲的唱

天光

之一

不知道什麼時候
它覆住了我
無論我如何流浪
我一醒來
天又光了
若無其事底散步
不知它如何辦到
暈眩的效果
它沒對我說過話
就走向西邊山腳下的窩
留給我一缸又一缸的霞彩
和昇而又昇的星星
睡著

之二

天光是瞎的
不趕路不打招呼不告別
不想什麼形而上
巨大的結

我愛著它
跟它到山腳下的家
它仍沒回頭
它只在我醒來時覆住我

之三

我猶豫著
天又光了

對岸素描

如果那時就在雨中道了再見
我會期待在街頭與你的重逢嗎？
塵霜會怎樣磨洗臉容？
手指會否生出皺褶
不再能撥開我們的髮
髮下相戀過的眼
會否還有那年積佇的淚
積佇的愛意潮湧？
我將懷著孩子淡淡走開嗎？
撐著傘走到城市底端
拉開另一扇門
另一名男子的等待
也看著他刮去鬍渣
想像你襯衫遺留另一名女子的香味嗎？
我會否就此錯過
就此行經歷歷如昨的過往
看你不再承諾我的未來
不再抱擁
萎弱老去的頸項
而還給我所有叉路
所有叉路前的凝望告別
不堪啼惹的心事沉沉
埋入上個世紀的灰燼？

何年何月才會有這次對望？
如果那時就在雨中道了再見

山鬼

向下的階梯
白衣曾迎面飄來
路人聽過你的嚎叫
竹林因之晃動的夜
其實只短暫打個照面
我的容顏隨即隨星光散逝

我可以回去
還出夏季溫涼的約會心情
還出別緻的相見
只坐在欄杆上盪著雙腿
我沒有腳
看著你蹦跳的青春髮鬢
不說一聲嗨

寂寞極了
不能再死一次
眼前的積木
美麗的骨骼
哲學的行動摺疊
我獨一的死亡創作
獻給絕望的茉莉
打包永不過期的香味
從十樓投遞出去

從此白晝退還我的哀傷
我將它塗成灰黑的風
行經每一處幽深的樹叢
折一截枝椏為記

坐靠窗邊
複習高度帶來的酸軟
以及勇氣
以及逼近
以及
「砰」的平躺
我的憂鬱也從此
平躺
你的驚嚇才能
直立

我又升高了
黑黑的圓頭真多
我本來想和善的說嗨
真的
可惜你踩過我及膝的長髮

>傳聞草山不靖，女生宿舍多年前有
研究生墜樓，同學曾夜遇。

傷停

想把你包裝成詩
沒意料到是這樣難

看著細瘦的腿脛
抬起來劃弧一個投球的姿勢
我漏接的時候才最安靜

乾乾淨淨的清晨
把歌聲唱得嚓亮
突然揮棒

風扇團轉的夜
給我一支煙
抽取濾過的風景
星星堆滿天

檔案

捧著如斯深重如斯臨近一起眺越
遠處疾匆匆的行色煙靄

這城市隨即撲著下一個音符彷彿
這一切僅是無涉戛然止步的一片CD

不小心釋出的溫暖

我點起一支Salem，夜的微涼滿
浸著鍵盤下的、模糊的你

有鐘

決定親手摘掉這枚意念的時候
抬頭是另一個刺眼的明日
短暫的目盲使我又看見了你正回頭的側影

光從你的身後放出纖長的觸鬚
一寸寸地捲裏你腳下的字句
彷彿那是奠儀

然而你永遠不會知道
飽經霜雨蝕繡的意念僅如露滴
僅如蟬鳴

以及連翩翻飛的煙燼

傳奇

看你跳得那樣遙遠而美麗
我以為自己是一株植物
在夏天沈沈睏倦裡眯起雙眼
蟬總是在我不注意的時候
從窗外輕輕鳴放震搖著水色

世代已然終了
愁怨卻如回音
我們的大立體場
存放一些乾淨的摺痕

不是開端卻已不及
不是文明又有何辜
那些無關的心事
構成黃昏的蕭穆街景
移動的可是你
或他的黑衣

搬開廢墟
還出一枚流動的情意

海上

沒想過被沖到這裡
無名的小島白細的砂
我的船已攤碎
浪高三層樓的時候
沖來了瓶子
和你
要先打開誰
決定之前回憶起顛簸的視線
未來是長不大的孩子

手風琴內頁

陌生人來而又去的街道
早晨下起了濛濛雨
衣領一一豎起快步通過
昨夜靈魂聚會的暗巷
占卜女郎戴上紫晶戒指
瀰漫上個世紀冷漠咒語的城市
悄悄閃光　閃光

結

關於那些難以橫披縱生的枝條
是秋天給的啟示
在落盡顏色的黃昏
緩慢啟動一種悲哀
藍幽幽的甬道深處
我們對飲清酒
笑談那年失約之後的種種
其實在渡口徘徊良久
只是為減輕那凌遲的火紅燈塔
迅即黯滅的小小失落

不想再用你來提稱
也是導源於來年物非人非延宕的足音
不堪回頭側臉看自己美麗的心情
依隨著你遠去
徒留厚重的詩冊
我竟不及翻閱
扉頁上你親手繪製的頭像其實歷歷如昨

再道別也像今晚的酒後
各自推開傾圮
踉蹌地看月影依依
伏地弓身的情感自此划開
優雅入座
佯裝此去正是山路的缺口
我們即將擁有最完整的哀愁

在黑暗裡
總也有光
總也感覺得到那天的暖風吹鼓
山的合奏
再不想提稱你
是我最大的溫厚
請從此老去
請從此開啟
我們夏日最後的喜慶
花火從不能漫天給予
一如你的愛並不是我的唯一

冬日步道

有海潮的聲響（在天外）
季節不夠深刻令人不滿
圍起紫色毛呢披巾
草木紛紛搖落
薄脆的敲打
一種易感易碎的觸覺

那些紅葉是最後的顏色嗎
連憑弔也不能剩下
偌大的公園有掃帚抓過季節

只是穿過
一些遙遠
不再來的頌歌
等下一次死

在地底收集晨曦的鳥音
選一個節日放行
默背著眼下荒草依依
我只有贖回一莖白色鳥羽

天空有大理石的紋理
我鑿深你眼睛裡無端的海潮
與之共鳴
停放腳踏車便於旅行
到另一個世紀

我的無伴奏樂隊
在陽光下
是否　一片透明

私小說

在搖晃我的官能之前
成列成陣的選手們正一一就位
等待哨音

我翻開桌前的筆記
候鳥南飛時總有些意外
留在異鄉的濕地

在舉手吶喊我的名姓之前
窗外的冬季悄然拉下紅黃的天幕
略去山蟬和諧的共鳴

在線的這邊
我預見潮浪的自己
推移　　推移
綑捲入冥漠的天際

雁字書

蜿蜒的河水緩緩地帶走白晝
你的臉如晚雲般綿長
修飾我坑洞的黝暗
那短暫的照臨
是一世的暖意

我們細細烘烤晚餐
撕下一片片餵養時光
那獸竟已碩大飛離

仰視天的圓頂
夜是我們的薄被
星子是帳帷
天使的歌中
我們裝睡

而流蘇般的雨
下了一世的雨
將是離去時長長的披肩
愈拖
愈墜

不及

「在這一則故事裡請容我側身嵌入」

「決定再回到啟始的那一瞬間」

這時雨落了下來

盜火者

祕密交換一些咒語
用以開門的咒語
吹熄一盞燈的咒語
老鼠娶親的咒語
命名的咒語
關上的咒語
以及逃難的咒語
在下一個路口提起勇氣
闇滅的咒語

我彷彿看見自己的髮

我終將孤獨的聆賞這樂調
在無與倫比的此刻
哀愁而神聖的前奏
導引女高音的複唱
而無助的小提琴總那樣滑向音符幽暗消逝的背影中

我聽不到語言，它被豎琴取代
偶爾芭蕾女伶的手臂優雅細長的點落
漣漪就漫開至我心的邊際

柔軟的在你眼前獨自聆賞這樂調
直至曲的終了
鼓聲鬱鬱止歇在腳邊
在你低頭走過的腳邊
另一樂章又無情地揚起
無情地揚起

> 此詩為聆賞 Loreena McKennitt《Tango to Evora》後所得。

I will remember you

心裡默默算數你今天出現的次數
一次在咖啡shop
一次在球場邊
廚房裡轉身
一坐下把頭埋進我的視線底端
然後又滔滔不絕論辯無關緊要的game
我一抬眼就又一次看見
你直視的瞳
少年荏苒的水草晃搖
一晚上的惆悵
一生世的漂浪節拍
我永遠懼於追趕的日落
再一次光燦燦的裸泳於粉霞的海岸
我瞇起眼看離去成灰色的逗點
不讓我決定的結尾
便強霸的踞住一張椅子
開門就讓我又撞見你
以及你們的青青草原
大好一片風光……

> 詩題引 Sarah McLachlan 同名曲目。

天末

從遠方漂過來
太陽突然就在頂上
光的纖足正踩過窗沿
這裡就快要不屬於我了

雲被風拉得很長
有時它們團聚
有時
則不

筆在滑動
我來不及寫下
迅疾的波瀾
大海正中央
非常安靜
巨大的影子剩下尾鰭

你是歌
你是水手
我是乘船的人
我捧著一圈圈漣漪
想送給你

從遠方漂過來
我們盪過的那些洋流
是否都有了記憶
藏在多皺褶的水波裡
而藍
變成極脆弱的菱鏡

加速度的鋼琴
似乎在正中央輕微彈奏
光的旅行

小舌音

那繞指呻吟的音韻我思念你們
思念你們嶙峋的地勢深河高澗
仰頭時不見天日
我卑微的佝僂的瘖啞的影子是將枯的葉
襯托秀挺的青枝
拔尖世外

如何成為你近旁的春泥
不再堅執傲強的生長
永不如你輕易的敲點
雪即崩落
傾頹的不只是
不只是我低而又低的眉眼

遑論那署名予我的
直視的瞳
有怎樣一股熱燙燒灼
竟至殘毀？

而轉世又是戀人
都愛摺紙鶴
那飛行中曾有的應許
在擺闔的瞬間
落在窗前

星期四的迴紋針

晴空淡淡
一只綠繡眼
瞧不盡人世塵泥俱下
匆忙的步履
一朵雲的漂移

有人在遠處打樁
叮叮的細苗曝於烈日的吻
眼前只剩黑影

我停止想念
風的線條

後照鏡

你曾有過當季的語言
和巴洛克式的愛
屋頂尖端的日光線條
草皮　無盡的許諾
浮雕著婉孌曲折空闊的前庭
如今都剝落了

雜草叢生如何是好
大戰前海的遠方
潮生日月
我透明的歌聲
航行過珊瑚礁岸

擱淺的情意漸次碎裂
菱鏡裡你我身形頹敗
卻仍不放開

巴洛克式的家
一個女人和兩名小孩
斜躺在木椅子上
白衣綿長

提示

始終無法褪去那白
那繁麗如錦緞的音色
焦灼的主詞

無方向感的驅策身體
投向橋下交錯的竹柏煙影
而不輕輕呼痛
而不能忘懷
那些撫琴的纖長手指

你知道的
全部故事
神情、潛台詞或者老式過道
擦身時飛騰的紙張
斷去
求生的一切可能性

神龕

沒有一個地方可以容納你的恩寵
它變得不合時宜、違法
違章建築之下
搖晃的吊燈
你振筆疾繪昨夜撈捕的一隻隻獸
準備清晨的出售
那哀鳴如斯親切
如我豢養的爬蟲
正處於探問生死的顛簸裡

四百擊

她摔開身上的戲服
決定從此地裸身潛逃

粉紅色的漸進式的陰影
沒入傍晚四散的人群裡
一股惡臭迴旋自孔蓋噴發
這時代的氣味

偶然抱住了誰
僅僅短暫吊掛起悲傷
然後走開
搭電車離去看海的屋簷、葛藤

如浪滑行如風鼓吹春日的花香
衰敗的極限
不再聽見呶騷市聲裡
繾綣飄忽的音質
曾挽救一名少女失足敗陣

她拼命往前奔跑
直到最後回看的鏡頭

經傳

畢生抵制一枚逗號
（他說他並無彼意）
僅是早起為鳥聲所苦
後來又有蜜蜂巡邏
人們迷惑地看著她
和她手指纖長的座標

電台持續播報天晴
世界仍在雨季佯裝一切
有了句點

她靠近吧台
點酒點菸點題是否太過
明顯她不禁懷疑
歪斜的建築
也在用腦

鬆動過什麼以致於
無法再回到懷抱
那時卻已錯遲
末班地鐵

妝花幕謝
倒退三分之二個月台
他仍睡著
宛如小童

冬眠

海與我平行
雲與我平行
你與我平行

在列車上
平行音階的浪湧
鍊條與機組的合唱
送這一世離去

不再——致凵

不再
無法自拔於那方窗景
我拿起邊界
在夜晚
靜聽華麗的悼文
晨起算數昨日颳起的沙塵
竟也只薄薄一層

砂之物語

放回那張CD
唱片行整面牆在傾訴年少
Taste your lips
乾草的氣味瀰漫牧場
昏沈沈春之夜晚
曼陀羅花吹奏坡地
吹奏屬於這個檔案的曲調

整面牆將被銷毀
站在喇叭底下
搖搖頭
不讓一切就這樣流下來

第三次抽出來看
歌詞依舊
畫面依舊
一層層鋪上
封的嚴嚴的
包括當年記的暗號

永不吐露
當年真正的一次潰敗

致小鐵詩

你看見半張黑色的臉
它襲擊你呼吸的頻道
暗地裡轉換成另個政權組織
升起它們的三角旗
在夜的肚腹中

你行走時所察覺的跟蹤竟是真的
你試圖甩脫還是試圖
繞進小巷與它對決
你渴望抽出匕首
插進如霧的洞穴
殲滅一整個小隊
黑臉便緩緩升起
轉身
留下最後告別的眼神

而你為眼神所苦
一隻兩隻三隻
條狀的跟隨
啃嚙你使你逐漸失去喊叫
失去力氣失去
嚶嚶啜泣的背影
投降

在海中
四面湧進孔竅的泡泡逐漸充溢
你再一次試圖毀滅呼吸的頻道
使它無從追索無從佔領無從啃嚙
無從令你悲傷不能自抑
你所自願成為的
他者的黑臉
及其飄升

險象

我被路旁小徑引開
一株白色野蘭低頭招手
她對我說
你來

你來
勿踩踏那片水窪
那裡是惡靈的入口
鏡像中我聽見許多掌聲和歡呼
清晰地在喊我的名字

你來
這是條人煙稀少的山路
別擔心狐仙作怪
牠們比許多人族更接近謎
山壁上的青苔
長出短短的綠色鬍髭
掩住洞門
山在黃昏裡一團團發著微光

你來
在意願中前來
你喜歡草地的香氣
你便來到此地
大家都平靜

我坐下來
看樹哥哥粗壯的手臂
清潔的泥土
黑而肥沃的落葉碎片
寸寸覆蓋群象
春天便都復活
在枝頭微啟眼眸

輯二 佛眼。

。命命

初五是沿街的炮杖和窗景
高速公路上跋涉過許多耳語
和落魄的卡啦 ok
你以為前面就要到了
轉彎卻又隱去
漫灑的紙灰裡你看見哥哥的臉
正要飛動

>「命命」引自許地山短篇小說＜命命鳥＞題名。

降。

那整層樓的文句安靜的躺著
剩下煙
一捲一引的繚繞
你順手帶上的門
砰然巨響

那鑴鏤的幻象正一一起身
夜半前來招呼華麗沈睡的音質
婉轉優柔無能醒世的眼神
就這麼閉著嘆息

浮起來的震動
一直龜裂到遠方擴及
死亡的罅隙
而你
你真的站在那裡嗎？

請
請別開口

。指與指間

沒有。沒有異樣的聲音。
花苞。苔。

塑膠隔板猛地張開它的肺部
我手裡拿著昨夜夢裡的藍色斷柱
全城的人都已仆倒

女主角在螢幕裡跑
最後被裝在箱子裡
我們都要準備一個箱子
裝自己

吃肉時哽咽
的世界
仍舊非常尖銳　且
腥膩

上衣。

在我鋸斷那座橋後
仍跟著歌聲
山林整個沉寂下來
注視血滴的速度

那蓊鬱綠黑眼眶
成為迷宮的邊界
我在等枯葉旋身墜下
弧形裡有一條路
我要穿過

冷食午飯
樹都死了

你解開上衣
你不該站在那裡

。過不過

為了從夢中抽身
跨步往下一躍

讓來世承托骨骸間那枚暗藏的種子
飛離貧薄的荒灘
向黑暗的松木森林潛進

西街。

這朵老玫瑰
淡淡地吐出煙來
一種焚滅的焦味
翻摺著隔世的光焰

那名縱火的女子蹲下來
對所有經過的男子招呼
她否定的片語
沿路尾隨

海離陸地太遠
沒人想起那只籃子
魚豔麗的咧開了嘴

這無所謂的玫瑰
想起了草原
曾低頭深情地吻著怯怯的它呀

>「老玫瑰」引自顧城＜鬼進城＞一詩。

。撐

在白線的邊緣盤桓
我們的無事一樣
湛藍的晴空
塗滿許多越界之後的雲絮
溫度悄悄的下降
低低的心

淡紅的夜晚
球架仰倒路邊
一再滾落直到遠處的聲響
變成僵硬的紀念
該如何是好

寫一封過時的信
站在郵筒前
猶豫收尾的筆勢

我太容易動情的昨日
就那樣掙脫著飛舞起來

漬物。

你死的時候我不知道
桌面滿是塵埃
誰送走的

仍舊有一個早上
空氣微藍
椅子都不說話
它們都有個性

找不到半絲黑髮
手指抽痛了一下
劫餘後
你一貧如洗

你死得這樣久
我才可以開始傷痛
緩慢地
繞這個房間一周

。殉難

那音域疏離質地少年
惟能靜默聆聽
騰躍起伏迢遙的奏鳴
教徒。是的。
他正用身體阻擋
花正萎地

「留在這裡」
這裡如天如雲
烏木隱隱
蟲聲寂寂

深夜霧與小徑
不能離去是誰的側影
某巨幅畫作的擬像星空
邃道。是的。
如管錐指心

是時候了
花正萎地
滿城遍是斜紋的風雨
將繩纜拋去
岸不再是岸
音軌上盡是斑駁血跡

那少年舞踴那少年奮力航向自己
花正萎地
朵朵難捨的注視
都是時光
都是仰泳的墓地

吹萬。

我的舌下隱含咒語
輕輕轉動那朵燈花
在夜裡
影子緩慢起身
你炯炯的目光照亮那橋
橋下濃艷腥紅
我不再怕了

遙遠哭叫的聲波
逐漸圓鈍下來
我任由渦輪團攪這番召喚
門開了
它們也深刻讀詩

。明滅之 1

多麼想去經歷那種沒有你的人生
脫出你的懷抱
去淋簷外的雨
看飛針光箭燦亮的路燈下
淒迷的耳語飄過我們的心上
於是哀傷不已

於是沿途撿拾自己的影子
上陌生男子的車
拍下照片再許一次諾言
感到完全無可救藥

像一個對結婚失去興致的女子
在櫥窗的倒影裡永不衰敗
歇斯底里發著光的
把你忘掉
把最初忘掉

明滅之 2。

從來不是美麗的
從來不是美麗的

誰走出她的邊界
像一隻幼獸早晨離開最初的巢穴

從來不是美麗的
故事從來不
重頭再來

無比鮮亮的氣味
和床
和日光的交融
我們在彼岸悄悄說話

從來沒有過
沒有過的吻和
吉他、小山細雨
輕拂的尾音上揚

在耳畔悄悄說話
說起那年荒蕪的林地
就這麼蔓生過去

影子斜長時候
影子斜長時候

。被

「奶酪」，他說
我覺得臉紅

門沒關
「奶酪」
我的手很冰

黑夜中仍清楚看見
那海洋波動時候
共鳴的音箱
劇烈震盪

於是我想起未來
過敏紅腫
需要一塊生薑

在水裡不能有人
他永遠向這邊走
影子拖得很長

天似已大亮

數學。

日去其半
再半
再半

不竭的愛戀
垂掛在永晝那邊

。之後

他一掌把我打進破裂的虛空
水面緩緩縫合

我正下降
深沉地沒有底線

那些波動的光源菱片
遙遠唱和人魚故事

髮與珊瑚水草向上飄動著
手指不再冰冷地
親吻那一雙眼

佛眼。

嚼
嚼幾個字

有時是碗稀粥
沒多久又餓了
要吃

要吃要喝
人血心肝
進補

滿手鮮艷鮮艷

。客途

陣雨裡傳來的歌聲
靜聽你的節奏
在滴
在言外

煙也助燃
吸附於窗簾、書頁
低低的心房

烏雲變得柔軟
暗下來的天均勻厚重
雨是不起眼的小站

在滴
在世外橫斜

誌異。

多少年來我一直偷偷惦念著那隻狐狸的生活
氣味縈迴窗外上弦之月
夢的蹄印延伸直至大河
水勢湍激浩湯

我擔心，牠已經變成了人

。日日

大泣哀毀
鳥飛下來
於樹間低吟
風松的香氣始終
徘徊

石磯飛濺晶亮珠花
瞬間的生命
優美畫弧
下墜的景深有反面觀眾
熱中鼓譟
芒草連著秋日晴空
左右頷首

斜行錯軌葉的舞踊
總是驚魄
你握住我的手臂
重覆氤氳的語氣

天暗下來
哀毀不能
裂解的當口
順著山壁清泉虹光
如扇面開闔
現象界埋在丹田
誰準備尋死
誰就從此打開
一枚月光

侃侃。

昨夜我多想說話。我的舌頭裹著透明的橡膠，雙手不斷拉出似是他人唾液般的涎流，我想拼命的嘔，由氣管、肺葉、濾泡交換新鮮的氧氣給病中的軀體一點點生意。桌面是一攤濃稠的水窪越積越漫漶，夜始終阻撓我的聲音傳佈。

那時，有許多你在看、在佇立的瞬間，飽漲胸臆，微微輕吐舌尖。

。聊齋

我記憶琴鍵的位置
他說我
對岸
聲帶彈動如雨敲打過窗

有天有夜
找不到字句
裹身

躡足走過天國花園

雪蕪。

我又看見那片草原
蒼青的岩洞
是否曾有人來此避雨
點起火把
照亮天神斧鑿的山壁
神靈在此出沒
袖們的光遺留一圈圈放射的細線
我伸出手
想把自己接回家去

下錯站
行李也捲捆發縐
沒有地方可以安歇
人間正在著火
上帝安排好一切
自殺的人都贏了

像魚鱗沾住
我只有剜了

。語言

如果是這樣的話
「樣」開始流動
把麥芽糖從鋁盒裡倒出
舌頭越拉越長
越綿柔
可以沾上梅粉
可以裹香菜夾餅乾
在晚飯前呸著嘴巴說
嘖嘖嘖

「樣」有時候變得很硬
你使勁拉
拉成京都
拉成輞川
它成為風中的細絲
沾到體溫化成一股黏稠的手感
招來一群螞蟻

瞬間放進冰水是個不錯的主意
我看見賣糖人的指甲半圈黑線
我看見那手藝失傳
少去的龍
只有從前的人吃過

這樣那樣的空乏
沒有人再在意了
樣就成為單薄的樣了

。境外

兀自美麗
兀自凋殘
灼灼風華業已凹癟懸垂在彼岸
不被理解不是一種困頓
放棄也不是
而只在風裡飛昇
撫過細緻的摺痕
傾心於那片刻短暫歡愛無名的瞬間
盡其所能奔赴
林間大火烈烈
灰燼裡全是哀吟和讚嘆
屬於我們的妖異姿色
在風裡飛昇

＞讀舞鶴《鬼兒與阿妖》有感。

香。

把屍體丟在街上
把屍體化妝穿上壽服
冗長的火化儀式
之前
得先招魂
讓靈歸來
讓大家替這名死者送行
可以收奠儀也可以
不收
花藍、輓聯掛得極高

我們流淚
表示確曾看見花朵開過
我們帶走家屬致贈的毛巾
擦洗灰黑的眼睛
空闊的皮囊

線香猶在

輯三

時代

顏色

如果要選一種悲哀的顏色，要選那一個？

夕陽的顏色可以是吧。但不足以象徵我的心情，如果是天在下雨，如果是秋天的蟬鳴，如果是桌面上來而又去全然相像的螞蟻？或者是青白的被單，或者是月光，又或者是曙色，又或者是嬰兒的哭聲，還是套裝，還是自殺者的高樓？還是春天裡早夭的芽兒。

都不是。

只是我心頭的一小聲嘆息。

在應該畫上鼻子的時候
我不小心掉出了一隻耳朵
於是不小心聽到一些不該聽到的
一群地底下的人合唱般的嘆息

輕微輕微地幾至隱沒在烈烈的風中
彷如億萬年來的甬道
佈滿聲音的皺褶

我撿起這隻耳朵
不知該不該把它別在我的心上

芙蓉之歌

面對著從未出現過學生的課室
空盪
座椅歪斜橫陳一下午的日光推移
獨自在黑板前書寫詩的身世
不顧一整年學生們的虛幻仰首
於紛亂的整座校園
整片國土
靜靜的書寫
夢的走光之舞

魂靈一個個將或坐或站或斜倚白牆
或拍搖著雙掌穿過門廊
第十七回排演飛翔的極限
偶爾　吉他也探頭進來
給我一些單音

我終能完整的擁有一次
靜靜的書寫
在講壇
把身世遺傳
「連同黃昏雨以及問句」

且讓我們涉江

>「連同黃昏雨以及問句」一語引自方旗〈哀歌二三〉。
此詩獻贈文大文藝系「走光」詩展。

高懸人命的那一條繩索
被誰輕輕鬆開
我們本是螻蟻
各自散去

在江河裡漫遊
象限與象限的邊界
就在那雨絲間

覆蓋那潮
是另一波潮

沒有我被淹沒
只是些淡去的聲音
鬆開的聲音

在週期三個月左右的一次潰堤
我看見你蜷伏岩洞的身形
又一次安穩晃搖著閃過我追攀出走的靈魂邊緣
吶吶的垂下長而彎的眼睫
以手擺弄無數個夜的速率
加寬我懸而未決的憂鬱幅度
這一切其實早在意料

有時我試圖穿越著益發廣佈的田寮
給自己一次限額
不以洪水退敗的蹤跡來消解你曾寫下的字幕
泥漿、死魚、花架上新生的番茄
我不知道還有最後幾次的敗亡

那不一定是個重點
豬也跑出來了令我分心
牠能游泳

只是我如何走入你蒼茫的夢魘
在上一個紀元前
把註記暗暗擦去
留下一團衛生紙
以及瘀毀的城鎮
那指標業已沈睡
青黃青黃

關於潰堤的夜晚
我猜測睡意何時來襲
約在上弦月擦過巷底的矮屋之際
你正轉醒

長假

紅色的焦躁與灰色的寂寞
整條沙灘裡夏日情人的比基尼一波波湧動
我不知道你究竟在那裡
我親愛的海盜之女
航行日誌將會記載這回偷偷拋下的錨以及
那座晃動的小島嗎?

三個情人會否原諒我對音樂的喜好?

獨自前往幻象國度
很久之後才得知廢棄的海水浴場正充滿
過季後的蕭條
我預支的愛情
早已
淅瀝流盡

薄餅咖啡以及那些草原的散步
濕透的髮和吻
沒有得到它們該得的果
或其實這已不再重要
如沙灘上我的眼神
其實不那樣固著

唱起那段歌謠吧
我的海盜之女
我也曾在夏天把你們悄悄遺忘
唱起那段歌謠吧
我的流浪水手
我將在渡口把吉他和弦輕輕絆住

> 侯麥《夏天的故事》觀影小記。

我想你但我不愛你
我要你但我不吻你
我期待你但不要永恆
我成為你的情人但不是你的母親
我擁有你的腳趾卻不擁有你的支票
我讓出我心房裡的某一居室但不想收你的房租
如果你想上樓很抱歉那盞燈不為你留
如果你離去我會阿莎力的說 See You
別回頭那只會妨礙你背影的形塑
留給我一些情書當做遺產吧
我願意把它們帶進棺材
直到地也老天已荒
我吻著你的字跡將如同吻著你模糊的臉容
愛人哪
請別回頭

於是大家都安靜下來
Sars說：世界在我的腳下

許多人想知道那些神隱的路線地圖
在哪裡打過一個勾

肺變硬了
靈體很軟的離去

在臥室跪地禱告
一燈瑩瑩
在黑洞裡
誰帶走我

風狂捲著Sars
空氣乘著祂的微笑
散播到人間

在夢裡買房子
售貨小姐出價五十四個夢
我們都希望她打折
狹長的黃昏把大家夾在走道
忖度那夢的量夠不夠支付一座
按摩浴缸
或銀湯匙倒映的河畔景觀
我捨不得拿口袋裡最舒軟的毯子交換
半褪色唇膏所能拉出來的露台
廚具或小小和室

夢持續夢著
地籍資料寫明的風化區
香冶滿街
我們的鄰居常逗引著我的男人
和貓

日夜夢著夢
在還未支付半個夢當訂金
的前幾枚夜晚
用簡單的數學精算出二十年的利息之後
我們再不能睡著
怕用掉了不該用的夢
乾癟勞苦的蘿蔔乾人生
我們該不該把自己和夢用石頭榨乾
據說這樣可以保存更久

「您可以仔細體驗樓梯爬起來的十八公分不
太高也不太矮是對客戶最貼心的考量……」

拋光地磚折射夢的純度
開始想醒過來
醒過來在夢的旁邊
紫雲仍會依序飄移過來
帶著南方的水氣

我們的蘿蔔乾人生
鹹香甘脆被誰品嚐
口袋裡最後的夢
咕嚕咕嚕混攪入前院加蓋的化糞池中
「定期抽取就能保持馬桶的暢通……」

我們的夢並不能豪奢得一次付清
昂貴的頭期款
房子空著
在遠處空著
淺薄成透明的冰藍色調
我想要一具快速爐炒翻我的高麗菜心
老公想要一組古董喇叭搖震牆垣

而夢
被交換的夢
蒼白的懸掛在銀行的櫃台前
低低的吸著空氣
垂死的流著血
街邊滿是排隊用夢交換房子的冗長車陣
那卡西女郎高唱搖咧依搖咧依
旋轉的白色別墅用夢交換的白色別墅
就這樣在黃昏裡假笑著

渴望那種貪婪的下載
病毒蠶食整座城池
駭客、
救世主以及如雨般落下的亂碼
彎曲的湯匙是愛的意志
閃著冷光

似是這病
使世界萎頓下來
使世界傾聽
磨軋的聲音
斷裂的斷裂的肢節

以吻所縫補的肉褶
彎曲如蟲也是愛的意志
哭顯得衰敗

在 on 和 off 之間
始終是一場影子
和影子的交錯
暗地裡自傷

城池僅剩教堂的尖塔
親愛的敵人俘虜所有的烏雲
唯一放走的淒厲的嗚咽在黎明來臨前痛快的大叫著

許多人在路上等待
一枚綠燈

太久之後
在路上生孩子
在路上吵鬧
警察把聲音架開

綠燈
多麼需要
變換

雨成為飛針
成為這個時代
扎人的意象

滿臉刺痛的等待
時代的巴掌
不停飛舞著來

不再重要了
人群都走失了

我仍要仰臉
詢問空中
那即將合攏的黑洞

武林

她尋著窄仄的小路前行
峭壁頂上的太陽像獨眼的邪神
短暫地隱沒
跟隨她無意踏出的回聲

她想起藻草
南天池
冰涼的肌膚
有沉睡的呼息

不知為什麼她走到這裡
且必須彎腰向前
持著劍懷著身孕
劈斬那些假花和毒蘑菇

香氣在附近上昇
她守著泥土向前
權當做一生

不再寫情詩卻
依舊抒情十分濫
而熟稔感到日常多餘的線頭
我們是否該因此接受十七八世紀
或所謂鍬形蟲學

B教授自有一套管理
系統顯現不用做人之後的
訊號從屏幕下起微雨
傷感也數位化了

病毒成為最動人的節慶
我們乃在街上擁吻
在程式裡告別
彷彿Tequila、大人
和安那其

自動控制的按鈕紅的發燙
密謀恐怖攻擊
亮白的孔竅
我們只有在亂碼裡相見
陷落地愛

憂曇

當我感到一切遞嬗的時光溫度
攤開手掌
細白如脂如沙漏如揚起的塵埃
撩動這城市最華美的神經系統
走出一具人形
灰袍翻動

我怎來不及抬眼
怎來不及收攏
怎輕易讓那溫度就此移動
不識己身無明的感喟
輕輕哀唱
夢的小童

＞讀朱天文《花憶前身》有感遂成一詩。

這是末世流行的泥裝沙衣
在海岸舞台
舞台有許多人
背脊隆起地睡去
他們都不知道自己將要表演
盛大地在上帝注視下
表演
衝浪

極困惑下台的時機
要聽那個導演的指令
他們蜷曲身體
畫一道弧又一道

孩子，我沒把握留住她
她接近那條公路
你想把奶嘴留給她嗎
讓她眷念我們黃昏的小屋頂
曾有過動人的謠曲

孩子，這裡充滿狩獵的氣息
我多想就這樣抱住你
沈默前行
當有天你把紅綢帶交付出去
我看著你充滿危險和愛
將如同現在

那時你會否戀著和她分別的場景
平常的一天
她憂傷的美麗逐漸逐漸
隱沒在月光裡

孩子，那不是因為你
那是因為整個世界的慫恿
使我們就這樣輕易放棄
回家的那條小徑

> 應《國語日報》「影想世界」專欄邀稿所作，
圖像取自美聯社。

這一次我又折損了一隻炮
揮軍進京
對方踩馬腳犯規
裁判視而不見
是常有的事

棋局人生
我一直沒有投降
斬首在這個時代
也只有一日新聞

翻開報紙
海珊死了
行刑的畫面流傳
血滿視窗
亦是常有的事

眼淚凝成珠串
我準備對上天行賄
萬物不為所動已久
心如鐵石須投海十次練成
我乃潛入平靜的底礁
拖延的重活

他終於開始退守

誰說我們是有氣質的幹幹幹
誰說我們是不讀書的
幹

誰在那裡無病呻吟踏馬的文藝青年弱雞踏馬的
不要在那裡給我寫假詩當假 gay 酪酷兒解構
踏馬的幹
你真的以為你懂什麼
其實你是個屁都不如的幹幹

遊行示威打群架亮刀子
你踏馬的文藝青年你連打狗你都不敢
你還能幹嘛幹
你讀到博士也是個軟屌 PLP 之外你還會學貓叫
踏馬的文藝青年你現在淪落到講政客都太抬舉你
踏馬的文藝青年你的理想全成了口號叫囂
你不值三兩踏馬的我瞧不起你
幹

整天要死要活踏馬的文藝青年你算個人嗎你
你要是個人你就別躲在家裡裝孝維
你要是個人你就別當獎棍
混吃混飯你知道什麼叫餓
什麼叫踏馬的布爾喬雅
小資走狗渾身名牌還給我當世界展望會義工
踏馬的你配嗎踏馬的文藝青年幹幹幹

這世界總是這麼糟
踏馬的有必要把它搞的更壞嗎踏馬的
你想去死幹幹你還公告全國
你死不用和我道別
我會流眼淚
踏馬的不要死前三年就公告踏馬的
外海沒蓋大樓沒安全帶你有種踏馬的
就不要給我回來幹

你有種你踏馬的你幹你了不起啊你
什麼鬼踏馬的不要當個俗辣
十年後只不過是混的好點的俗辣
踏馬的你醒醒吧你醒醒吧
踏馬的幹踏馬的幹
害我說踏馬的說一萬次的
幹文藝青年踏馬的
幹幹幹

「祂」之練習曲

我們在祂的身上塗大便
我們縱聲尖笑
我們揚起皮鞭將祂的哭叫
當成歌唱
交響詩般神聖無匹的
歌唱

宛如世界坍陷宛如蛋糕被
放入口中真正的甜柔化開
在舌尖綻放
我們的心喜悅騰歡我們的愛
如鑽石精鑲
在您的十字肉身之上
我們簡直不知如何
是好

直到我們將祂推下
從高樓之上從懸崖邊
從真正的火海燃起我們交錯的
憤怒
青色的焰光照亮夜空徹夜不眠
花火漫天懸垂
我們掏盡我們的熱望給祂
至高的唇吻
我們從未如此感動
於這瞬間

直到我們把祂推下
並且宣稱那是
真正的
愛與富有與
絕對的頌歌
我們不能停止

直到我們把祂推下
除此之外我們
無能為力
我們對銅像哀慟我們
如同孩子吸吮母親乳房如同
在地心爬行
我們
我們流淚不止
因為歡欣我們所愛所有
於今之毀滅
重生
在禱告中我們
重生我們
祈求世界重見光明
重新回到最初開天闢地
最初的懷想
如嬰兒嬌嫩的小手
我們呵護、吹拂
祂身上的塵灰
不忍衰敗

而如今
祂的枯朽祂的腐惡無明
祂最後一吋肌膚我們都將染指
割裂
誰都允許我們動用
最酷烈的極刑
予祂
予我們所愛過、父過、愚弄過的

祂此刻正在猶豫祂
不曉得自己是否該以死
來答謝　我們
真的
應該
去死
這是最好的時刻
良辰吉時

我們的愛也有
保存期限
我們的淚
於此時奉獻我們在黃昏的時刻
恭送您的離去
水波漾漾天青青
月明明
露水暗暗滴

從墓碑中升起從硝煙中升起
從未知的海洋我們恢復
我們的呼吸
我們走進大樓我們
打卡
開始早餐電腦
我們的無事一樣
來臨
我們不再記起那晚曾有的光明

打開報紙的消息
曾在那裡的您真正的您
連冤魂都不是的您
載著世紀的標題
沒入
沒入
我們最深 最真的愛裡
我們塗糞的手
我們歌唱的嘴
不再送您
直到我們推下去
完成我們的練習曲

> 以此詩悼念曾有的「蛋塔」和「電子雞」
和「⋯」時代。

難道

被殛瞎的左眼
在清晨
開出一朵玫瑰

士兵扛著長槍
緩緩通過司令臺

我們的嬰兒
長出水草頭髮

貝多芬也想
燒炭自殺的年代
再也觸不到
柔緩的鼻息

晃盪電車裡有幾枚空的手環
載來載去的軀體
和卵石般的心臟互擊
倒掛著的靈魂
想家
想返回去

一點一點流出來的血
就從這裡
開始

我們輕輕地描劃那些線條
被風吹起
復又落地隱沒的線條
它們曲折穿過空中的雲朵
樹梢、飛鳥之翼
穿過夜和碑林
和洶湧的浪濤
淡淡地織著、紡著
我們說不出口的那些
褐色的眼瞳裡
孩子似的想望
在時間的過道上擦身
復又遠去飛翔
直到那些線條
輕輕淡淡地覆上
明日的晨光

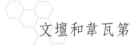

那該死的光明
最偽善的花
最華麗的甩尾
最應酬的掌聲
最無聊的狩獵

他所說的
豬的微笑

我喜歡的人
一個接著一個
走向那邊

相對於我遙遠距離
空泛包圍的那邊
無從悼念
傷逝
傷逝引起心肌的牽引
一種嘔吐倒反的人生

所看見的天空
弧形圈住
凌亂斜錯的人影

地平線上
生物所擔憂的明天
一寸寸逼近眼下
呼與吸的範圍

我們仰躺
我們側身讓步
我們抬眼相視
那邊的朋友就此揮手
沒有說要再見

輯四　我任由你耕犁這方土地

我任由你耕犁這方土地

我任由你耕犁這方土地
從田疇以至花房
初春時播下種子
萌芽的唇
蜜蜂從潮潤迷霧裡穿山過樹
仰角的天際雲在世外
你肩背上沁出的汗珠猶是歌的樂調
芬芳泥濘石與腐殖的長養
海芋玫瑰紫羅蘭重葛藤蔓
共生的枝條沿腿胯向上團轉飛繞

我任由你耕犁這方土地
陌生的觸動晦隱深埋的沃壤
你所不知曉的生機
在掘開在翻攪在雨後濕漉走滑的涼冷裡
栽植一種呼吸
綿長的波動白色震顫
雷閃般短暫目盲
我任由所有移動
置換一種外部力量
推我向陌生遠方
天藍之上飛翔
歌唱

我所任由
土地的烈烈生長
森林蓊鬱的願望
春來時滿山鳥雀與花心的鳴叫
誘引你的迷途我的無言
綺色的夕照裡
耕地已是家鄉
永恆復返的愁思
藏有宿世隔空的張望
是誰說風雨焦灼我的鋤鏟
仍困倦於泥香乳香夜的潑燙

有光澤的英雄男高音

大風起兮
短暫滑過那些音波
搗住鼓脹的耳膜

當他彎弓
當他執筆
當他脫下他的戰甲

在水邊偶遇緩降的月色
乃感覺呼吸的引力
自八方湧現

（無端踐巨人之跡）
不能明白的自己
只能和自己在一起

他在荒野上奔跑
不能停下來完整地流淚
有誰明白

雄渾的時候天也迸裂
危立的愛與後代
瓦礫家邦

力量造訪那天

Africa

十八歲
我步入蠻荒
感覺到乾渴
那隻豹立在山頭
看我走近牠覓食的草場
牠看了一眼
便回過頭去

太陽使我發熱
我迷路在蠻荒
向前走
我願望著我的棕櫚樹和泉水
牠願望著捕獲和鮮美
有一些羚羊、象群、斑馬從我身旁經過
牠遠遠地看著
沉默著踱步

藍條蜥蜴從石縫裡窺探
螞蟻忙碌築巢
我的唇已裂開
沒有人沒有天線
只有仙人掌花
向風取悅

牠知道我是牠的
牠不著急
偶爾從矮灌木叢中亮著睛瞳
牠知道不用太久
我將迷失在此
牠嗅聞我的足跡
便明白我的去向

沒有王子
但有一隻獸
順風感到愉快
蠻荒便是天然的陷阱
牠輕輕叼走獵物
野地裡剩下一把木梳子

花英

天就黑了
回到那條熟成的路
果子　果香

豐豔粉色的山景
藏著吟哦字句
都脫落了

你遠遠地測量
那種幅度　時程

等待變成一首碎裂的歌
寸寸融進下個呼吸
下段枝椏

鳥雀躍上視線
啄食垂墜季節
酸甜之幽夢

有生

讓我們交換虛無的體溫吧
讓我們在夜裡躺身　仰望
隨星光奔赴
下個驛站

塵土裡有蟬
保存上個世紀的鳴叫
童年的音樂盒子
輕輕揭蓋
唱吧

芽如觸手
根如盤趾
對世界以微笑
在颶風來臨之前
在大樹傾毀之前

對世界以微笑

安東尼

我的安東尼騎著白馬
越過小橋流水
人家屋瓦上垂落的藤蔓
蹄聲緩緩
腰配長劍
行囊幾卷詩冊和鹿肉乾
在半個地球的崚線上攀爬

相信

相信離去是留下來
相信留下來是真正的離去

於是抱著女兒站在路口
等父親回家
等不回家的父親回家
煮晚餐
自己吃下
自己散步

A 詩

------「一夜間滲失了所有的水」——引商禽〈風〉

從地平面以下開始
切面依次是石頭　砂礫　泥漿　泥漿　泥漿　黑泥漿
水流的埋葬
遠離水分子的空隙
在陰天　灰敗的時間底下
向下　向下
遠離光線
往震央寸寸靠近
最火的核心
最強的波動
搖晃

152

人間

翻轉過來
再翻轉過來
翻轉過去

一個躺平仰望的世界
夜的山巒聳立

不要

不要。
不要就這樣睡去。
當你指著那片海
海就飄盪
過山撫觸
你的足趾
你輕微地踩動
島嶼的熱浪
陣陣襲來

雲層遺落的暗影
遮住你的眼睫
風斯在下
我們全部的推移
自東到西
大化的飛翔

既望

月亮像椅子
月亮像沙
月亮像打開的身體
月亮像一把透光的傘

月亮是捲菸
我們輕輕
搖晃

「冰島情人」

因為持續下降的低溫
低
再低
我乃擁有一座冰砌的島

多年來
冰帽從海上便可望見
閃閃的屋舍
淡藍的天際線

青鳥銜著歌聲敲窗
牠說：春季
牠說：日照
牠說：醒來
我聞到瑰麗的芳香
如浪涌升
推高一種知覺
上揚
日子緩慢推向另一岸
彷如從未經過
（其實經過的）
另一岸
我曾熟知每一寸的時間
在海中複習

將捲起的紙頁鋪平
就用手
擦拭過那些淚滴
我從未想流出的
那些淚滴
熱燙地滑過島嶼
融化的冰錐、岬角
成為一處廢棄的觀光景點

我的血
我的歌
在各處隱沒
在轉角
狐疑地迴旋
「世界變了」
溫室效應融解了山的綾線

一彎新的海洋

>「冰島情人」為冰島男高音 Cortes 稱號。

末日消逝

脫離全部敘事的行列
在冬日某個晴空枯枝下
晾曬那些斷片
它們失去聲音
在風裡
不再窸窣地催動
過去
無止盡的過去
誰曾踏過
那些毫無徵兆的線索
（一段段晦澀的對白插入）
一枚句號鑽透心臟
它說：敘事是不重要的
在任何時刻都可以終止的
生命
都還可以再生

回到喧嘩嘻笑的人間
聖靈充滿
上帝堅稱從未離去的人間
列車載來又載去
把影子剜掉
都坐著開走吧
開向北的列車又從
南方歸來
敘事的輪迴
括弧冗贅
最長的旅行
最長的闇滅

不知道如何回去

不知道那家快餐店的狗
是否依舊依序嗅聞進出的小腿肚們
繞過他們系辦
心想他應該在系辦
不能打擾蜂鳥
它們急速地撲動羽翅
在月光下

森林的教室
我們練習說
「不」和
「好」
晨霧籠罩群山
我們埋首於我們的練習之中
不得離開

然而路崎嶇極了
如同蜿蜒而下的淚
一行行斜錯的人生
在叉路時繞轉了彎
又經過該回頭的那段時區

不知道如何回去
歌聲帶我回去的時候
我假裝什麼都沒看到
細節
要錯過全部的細節是多麼困難
你微微地抬起眉眼
望向這邊

我並不在
我失去全部的道路
用許多預存的光陰
照亮過的
那條回去的道路
我並不在
伸手可觸及而不觸及的
那段空氣
就留在那裡了吧
它們還未完全蒸散

在逸失的旅途裡
我看到也消逝了的
你的凝視

異教徒的火焰

生活真是一連串的假期

肉體冒險的代價

歌者之苦

為了使一切感官達到顛峰
我決定留在這座無人的荒島
預備一次放逐
「遠遠地離開那些探測器」
帶著梳子
死在這裡

「邊界的通道」--- 引德希達

我不能清醒
我不想
我親吻他
我瘋了
我脫下衣裳

全世界隱蔽在角落
我進入自己身體的花房

空襲

盲目發動的指針
在尋找停下來的計謀
在此之前必須穿越
無人煙的草場
草場上曖昧的獸匍匐
嗅聞氣味
鮮烈飄散在風裡的
花籽和肉的氣味
稍暖和的溫度
上昇的日光
不知有沒有的雨水
乾烈的焚燒和腐壞
為下一季的施肥

倒臥的草莖歪斜
形成線索
一枚蹄印還是
一只遺落的鞋子
背著誰奔跑過
日與夜的間隙
瞇著眼的未來

除了產卵
無所事事

除了交配
無所事事

「混——合」
——引米蘭‧昆德拉《小說的藝術》

非理性，混淆
他成功地混淆我對身體的感覺
在一個空房間
城市的底部還是
最上層的階梯後面
昏暗的知覺
成功地佔據我們的手
伸向從未企及的領地
金黃色的原野
我曾願望過的流浪景觀

那時
坦克車轟隆從窗邊開過
考卷攤開
遊行的隊伍中打香腸的小販吆喝
一些晨霧
逐步包圍陷落的小鎮
人們總聚集在最盲目的廣場
我們的愛情不能比廣場清醒

最混亂的愛慾
最憐惜的目光彈奏華美序曲
一地銀白
豈止是空曠的校園地景
帶一本看不懂的書
親吻著他
和他難以理解的肩膀

雲之外

旱地飄來雨聲
遠遠近近
它唱自己的歌
在傍晚時分

它淋洗自己
用伸出的葉片向天索取
它的雨聲
雨從圓尖那端遙遠帶來
旱地裂縫的曲調
像已經過數個光年
世界忘卻自己的樣子
曾那樣光潔
發出弧度的亮
一個音符一個音符地提醒
曾那樣盈溢

百鳥在林中啼叫
浴沐天的絲絨
幾株白梅默默在山邊微笑
或抬眼或低語
誰知道曾有幾次開落
世界忘卻自己的樣子
直到窗前飄來雨聲

在雨中打撈大肚魚苗
如同小時
踩過最潤澤的泥地
矮門前媽媽正招手叫喚名字

跋

煙霧中的肉身修悟

右京

【之一　看那濃郁的事後煙】

感謝阿流任由我耕犁這方篇幅，對阿流的詩集說些什麼。在談及阿流詩作之前，容我先繞個彎，說說自己對於詩曾有的誤解和理想。

許多人告訴我，詩是一種很「精鍊」的文類，因此我曾經認為，所謂理想的詩作，應能以極濃的語文密度，用寥寥數語表達出深遠龐大的情或事。有好一陣子，當我無法用簡要的篇幅裝載全盤的意義時，不免感到氣餒：「詩不是最精鍊的文類嗎？不是應該像傑出的武術家，一字可以抵十字？」然後，在挫敗中妄自菲薄。

直到寫久了，看久了，慢慢領悟到，所謂詩的精鍊，並非以極短的篇幅將意義完整呈現，而是將最深刻、最內在的核心鍛鍊出來，讓讀者進入核心，自能往意義之處迴盪。換句話說，詩並非把一整條路的風景壓縮在文字中，而是在文字中描畫路標，路標背後自有延伸的路，每個旅客都能以自己的方式探索，沒有盡頭。

因此，短詩就像是「事後菸」，在男女激情之後，常見一男子坐在床邊抽菸，暗示已經完事。激情如何繾綣已無從得知，徒留煙霧瀰漫。讀者不會直接看見激情的畫面，但卻清楚感受到事後留下的心靈氛圍，並建構自己的激情。

好了，說了半天，這和阿流的作品有何關係？

阿流的短詩，其流露的風格和態度，是我所見最濃郁的「事後菸」之一。或者，該把香菸的「菸」換成煙霧的「煙」，並將「事」的範圍無限擴大，讓「事後煙」不再侷限於原本男女情慾的意義。事件過後，徒留煙霧，惦記著發生的一切，無形卻又可見，可見卻又縹緲。

　　「事後煙」的藝術，大多見於篇幅較短的小詩，但也出沒在長詩之間。阿流的詩作，往往不直述當下的事件細節，而是當事件底定，再抽出核心的意念，書寫成詩。如〈誌異〉一詩：

　　　　多少年來我一直偷偷惦念那隻狐狸的生活
　　　　氣味縈迴窗外上弦之月
　　　　夢的蹄印延伸直至大河
　　　　水勢湍激浩湯

　　　　我擔心，牠已經變成了人

　　雖然題名誌異，但毫無誌記，讀者無法從字句內明白詩中狐狸的身世，更無法知悉狐狸和詩人之間曾有的過往，導致狐狸一直在詩人的惦記當中？最後一句「我擔心，牠已經變成了人」頗值得玩味，究竟是擔心狐狸變身後，潛伏危害人類？或是為狐狸擔心，變成了人類這般糟糕的物種？無論是那一種，從意象來看，這狐狸已踏河而去，是濡濕尾巴也不會回來了。讀者沒看到事件，亦不知狐狸是他者或是心念，卻仍可感受到事後的煙霧瀰漫，悄悄飄盪著對於遠遁事物的懸念。

為什麼阿流不寫「事」，而是吹起了「事後煙」？因為寫出的任何字句都是「錯」的，那些真相無法以語言道盡。因此，如同〈陰影〉一詩僅有一句的全文：「一種不能曝曬在陽光下的思念。」想要寫出幽微的陰影，相較於直接將事件曝曬，事後煙是最誠懇的表述方式。尤其，時間走得太快，萬物都付與頹垣，想要維持「我不腐壞／我只變舊」，就必須抽出事象底下的核心，「將自己放進密封罐」。我從阿流的詩作中，看到一種面對時光的獨特方式，在時間飄起的沙塵中，留下不具形體的真實。這當中也包括著欲說還休的心情，宛如隱去歌詞的旋律，「永不吐露／當年真正的一次潰敗」。於是詩人用煙霧，靜靜紡織說不出口的林林總總，彷彿頭髮一樣滑過人生。

　　〈不再——致ㄩ〉、〈不要〉、〈人間〉、〈漬物〉、〈鉛筆生活練習〉、〈海上〉⋯⋯許多事後的煙霧瀰漫於詩中，如此內斂地等待踏尋。當然，如果只強調著事後煙的效果，萬一有其他不誠懇的詩人，直接把自己的作品砍到只剩最後兩行，是否也能妄稱達到和阿流同等的效果？我想是辦不到的。因為阿流分娩的這些煙霧，有著特別的質地，不是刻意遮掩之輩所能企及。在我看來，阿流的文字之所以能達到「只是當時已惘然」的事後煙效果，關鍵有二：一是誠懇，一是覺察。因為誠懇，所以認真地在乎那些注定消散的事物，如此方能從事物的表象中，凝鍊出無形的核心，留存成煙；因為覺察，

所以對於週遭的變與常十分地敏感，創造的煙霧有著說服力，引領讀者追索比現場更深刻的時空。

【之二　煙中匿存著誠實的肉身】

阿流的煙霧令我著迷，然而，我忍不住想撥開煙霧，探查煙霧的來源，究竟創造這些效果的阿流，在追求什麼？我發現，在篇幅較長的詩作中，阿流不再保持如煙輕盈，而是以全身投入，尋求更高的連結。

看似如煙的阿流詩作，其實充滿了身體感。這裡所謂的身體感，不是指詩中充斥著器官詞彙或肉慾橫流，而是詩人把自己的肉身和心靈，毫無保留地拋進詩裡，讓每首詩都有肉身修得的悟。因此無論多麼奇詭的情景，在阿流詩作中，都展現了一種說服力，讓讀者感受到那份切身之情。

如〈重金屬搖滾〉中，女子吐出的心事——堅硬墜地的奇幻場景，在阿流的筆下，也顯得如此細微而逼真。即使是像〈山鬼〉裡，詩人同化於幽魂，分明不是自身的體驗，卻因為身心的投入，產生令人信服的移情作用。

追尋之時，探索之際，阿流不僅全神貫注，也全身貫注。在〈這邊〉一詩中，一個在路口等待號誌的意象，經過阿流的身體覺知，人世百態的聲響轟鳴，雨成為飛針不斷扎身，時代的巴掌摑打而來，儘管如此，詩人仍要仰臉，詢問空中即將合攏的黑洞。

我忍不住駐思，阿流如此投入身心於詩，究竟想尋得什麼？有了詩，就能夠超越自身的極限，去建立更高的連結。聽來像是靈性的追尋，但這靈性又是建立在極為實際、極為人性的基礎，以此時此地開發，以肉身投向更高更遠之處。一如〈吹萬〉所示：

> 我的舌下隱含咒語
> 輕輕轉動那朵燈花
> 在夜裡
> 影子緩慢起身
> 你炯炯的目光照亮那橋
> 橋下濃艷腥紅
> 我不再怕了
>
> 遙遠哭叫的聲波
> 逐漸圓鈍下來
> 我任由渦輪團攪這番召喚
> 門開了
> 它們也深刻讀詩

　　詩人以舌為咒，轉動生命，無懼地打開另一端的世界，以詩感通一切。這也說明阿流為何那麼投入地寫，那樣認真地活。有時我甚至擔心，如此認真投入的阿流，會不會就這樣成為召喚更高能量的祭品，一如〈歌者之苦〉所寫：「為了使一切感官達到顛峰／我決定留在這座無人的荒島」、「帶著梳子／死在這裡」。幸好，她有她的堅韌和能量，尤其在如願成為母親之後，儘管仍有敏感的低潮，儘管流逝日漸逼近，但她仍在呼吸之間，息息地書寫，穩固自己的生命。

這樣的宏願，和前述的事後煙風格結合，形成一種既輕又重的奇異感。〈天末〉、〈漬物〉、〈息息〉尤其精妙，無法以輕重任何一端來規範。茲舉〈漬物〉為例：

　　　　你死的時候我不知道
　　　　桌面滿是塵埃
　　　　誰送走的

　　　　仍舊有一個早上
　　　　空氣微藍
　　　　椅子都不說話
　　　　它們都有個性

　　　　找不到半絲黑髮
　　　　手指抽痛了一下
　　　　劫餘後
　　　　你一貧如洗

　　　　你死得這樣久
　　　　我才可以開始傷痛
　　　　緩慢地
　　　　繞這個房間一周

　　我曾創作樂曲〈昔浪〉，每次發表這首曲子時，曲目簡介內只會放入阿流的詩作〈漬物〉，因為那樣的詩，已把「回憶如浪湧上心頭」的感受說得淋漓了，同時也將阿流的詩作特質發揮盡致。浪無定形，但誰敢說巨浪不重？這首詩依然是事後煙，而且顯然是很久很久以後的煙；但中間的每個動作、每個覺察，愈陳愈濃的酒，愈久愈傷的後勁，屢屢將我撼動，將我捲沒。

【之三　那既輕又重的行吟】

　　阿流算是我亦師亦友的師姐，有著共同尊崇的師長，有著一起戀慕的詩境。比起我的散漫，阿流顯得內斂而認真。陽明山的歲月中，她在教室裡認真授課，在島（詩社）上也掏心掏肺，感染了許多愛詩的學生和朋友。還記得每每聽她吟詩，柔和的嗓音帶有低沉的厚實，迷醉了不少聽者。當時我就有一種奇異的感受，覺得這聲音既輕又重，難以形容。

　　讀畢這本詩集，我總算更懂了當時聽到的聲音是怎麼建構而成。她的吟詩正如她的書寫，輕盈如煙，事象消隱，仍不失核心；而在煙霧之源，又有著切身的紮實，一字一句都是肉身修來的悟。

　　這兩種特質並存於阿流的詩作，絲毫不顯矛盾。如今，阿流這既輕又重的詩集，即將流轉至各方讀者的面前，這是令人欣慰的事。詩人說美好的事物從不能漫天給予，但我仍樂見這縷迷人的詩意，能夠漫進讀者的心房，使人聽見她在字裡行間，那既輕又重的行吟。

後

記

阿
流

據說在不同的時空狀態下都會有一具身體，而身體也將有屬於那重時空裡，所特有的操作和感知系統。

就像在夢裡，我一直試圖命令夢中的身體，把手舉起來。然而經過多年的練習，仍少有成功的機會。

就像寫詩，無論我如何以自己貧薄的文筆，想切近或者想吟誦，那神秘的文字音樂盒，卻屢次敗退在數尺之遙那樣，眼看著波紋的消隱而悵然若失。

我一直沉默地練習舉起文字的手臂，它卻只能在夢中來而又去的抖晃，像個嬰兒，或是老者。

我只是想指涉眼前的時空，想保有一點點純然的景觀，以文字為生命裝幀。

如果世界將要傾毀，詩會否成為唯一留下來的東西？是的，我希望詩是被留下來的事物之一。儘管詩在世的時候，輕得像是不曾存在過，我們不該厚此薄彼，事物之消隱本就是自然的事。

在消隱之前，仍感謝促成這詩集各個局部的諸位，翁老師和右京的序跋，於我而言，它們是太過慷慨的贈予；謝謝美編、角立，出書也成為一段奇妙的因緣；謝謝家人，沒有你們，我相信這本詩集不會有它的感情血肉；謝謝看得見或看不見的靈，也許那未被指明的，才是這一切運轉的動能。

身體狀態 | 阿流

發行人　　許乂夊
責任編輯　陳孟宏
執行編輯　傅紀鋼
美術編輯　高彩玲

出版　角立有限公司
　　　台北縣永和市民光街 22 巷 6 號 2 樓
印刷　銳綸數位股份有限公司
出版日期　2010 年 11 月

定價　320　元

國家圖書館出版品預行編目資料

身體狀態 / 阿流 [著]

— 台北縣永和市 ： 角立， 2010.11

ISBN 978-986-84968-8-0（平裝）

851.486   99022249